CATALOGUE

DE

LIVRES FRANÇAIS

MODERNES

BIEN CONDITIONNÉS

DONT LA VENTE AURA LIEU

Le Lundi 19 Mars 1883

A DEUX HEURES PRÉCISES

HOTEL DES COMMISSAIRES-PRISEURS, RUE DROUOT

Salle n° 1

Par le ministère de M° MAURICE DELESTRE, commissaire-priseur,

RUE DROUOT, 27

Assisté de M. EM. PAUL, gérant de la librairie Vve Adolphe Labitte.

PARIS

V^{VE} ADOLPHE LABITTE

LIBRAIRE DE LA BIBLIOTHÈQUE NATIONALE

4, RUE DE LILLE, 4

—

1883

V^VE **ADOLPHE LABITTE**

LIBRAIRE DE LA BIBLIOTHÈQUE NATIONALE

4, RUE DE LILLE, PARIS

LA BIBLIOPHILIE

ANCIENNE ET MODERNE, FRANÇAISE ET ÉTRANGÈRE

(Deuxième année)

Publication mensuelle paraissant le 10 de chaque mois

PAR LIVRAISONS DE 32 PAGES GRAND IN-8

ABONNEMENT : 3 FRANCS PAR AN

SOMMAIRE DU NUMÉRO DE FÉVRIER

Paris. — Typ. G. Chamerot, 19, rue des Saints-Pères. — 14153.

CATALOGUE

DE

LIVRES FRANÇAIS

MODERNES

CONDITIONS DE LA VENTE

La vente se fait expressément au comptant.

Les acquéreurs paieront 5 p. 100 en sus des enchères applicables aux frais.

Il y aura exposition le jour de la vente, de 1 à 2 heures, des livres qui seront vendus le soir.

Les livres devront être collationnés dans les vingt-quatre heures de l'adjudication. Passé ce délai, ou une fois sortis de la salle de vente, ils ne seront repris pour aucune cause.

M. Em. PAUL, chargé de la vente, remplira les commissions des personnes qui ne pourraient y assister.

CATALOGUE

DE

LIVRES FRANÇAIS

MODERNES

BIEN CONDITIONNÉS

DONT LA VENTE AURA LIEU

Le Lundi 19 Mars 1883

A DEUX HEURES PRÉCISES

HOTEL DES COMMISSAIRES-PRISEURS, RUE DROUOT

Salle n° 4

Par le ministère de Mᵉ MAURICE DELESTRE, commissaire-priseur,

RUE DROUOT, 27

Assisté de M. Eᴍ. PAUL, gérant de la librairie Vᵛᵉ Adolphe Labitte.

PARIS

Vᵛᵉ ADOLPHE LABITTE

LIBRAIRE DE LA BIBLIOTHÈQUE NATIONALE

4, RUE DE LILLE, 4

—

1883

CATALOGUE

DE

LIVRES FRANÇAIS

MODERNES

BIEN CONDITIONNÉS

THÉOLOGIE

1. Oratio dominica in CLV linguas versa, et exoticis characteribus plerumque expressa. *Parmæ, typis Bodonianis*, 1806, pet. in-fol. de 248 pp. demi-rel. mar. viol. dos orné, non rog. (*Larrivière*.)

   Très belle édition dédiée au prince Eugène de Beauharnais, alors vice-roi d'Italie.

2. La Sainte Vierge, par l'abbé U. Maynard, ouvrage illustré de quatorze chromolithographies, trois photogravures et deux cents gravures par Huyot, dont vingt-quatre hors texte. *Paris, Firmin-Didot*, 1877, gr. in-8, pap. vélin figures, br.

3. Discours sur l'unité de l'Église par Bossuet, évêque de Meaux. *Tours, Impr. Ad. Mame*, 1862, in-4 de 133 pp. papier de Hollande, gros caractères, br.

4. Les Oraisons funèbres de Bossuet, avec des notices par M. Poujoulat. *Tours, Alfr. Mame et fils*, 1869, in-8, portrait et gravures à l'eau-forte par V. Foulquier. *Tours,*

Alfr. Mame et fils, 1869, gr. in-8, portr. et vignettes, mar.
r. dos orné, fil. tr. dor.

Exemplaire sur PAPIER DE HOLLANDE.

4 *bis*. — Même ouvrage, même édition, gr. in-8, port. et
vign. broché.

Exemplaire sur PAPIER DE CHINE.

5. Sainte Élisabeth de Hongrie, par le comte de Montalem-
bert, avec une préface par Léon Gautier. *Tours, Alfred
Mame*, 1878, gr. in-8, planches gravées et chromolith.
hors texte, vignettes et culs-de-lampe, br.

Exemplaire en GRAND PAPIER DE HOLLANDE.

5 *bis*. — Même ouvrage, même édition, gr. in-8, figures, br.

Exemplaire sur PAPIER DE CHINE.

SCIENCES ET ARTS

I. — SCIENCES DIVERSES

6. Nouvelle Collection des moralistes anciens, publiée sous la
direction de M. Lefèvre. *Paris, Lecou,* 1850, 8 vol. in-16,
demi-rel. mar. vert, tête dor. éb. (*Reliure uniforme.*)

Pensées de Platon sur la religion, la morale, la politique, recueil-
lies et traduites par Victor Le Clerc. — Pensées de l'empereur Marc-
Aurèle Antonin, traduites du grec par de Joly, 2 vol. — Moralistes
grecs. Épictète, Cebès, Théognis, etc. — Cicéron. Traité des devoirs,
traduction de Gallon La Bastide. — Le Phédon, ou de l'immor-
talité de l'âme, traduit du grec de Platon par Dacier. — Les Entre-
tiens mémorables de Socrate, traduits du grec de Xénophon ; suivis
de Criton et de l'Apologie de Socrate traduits du grec de Platon,
2 vol.

7. Les Essais de Montaigne, accompagnés d'une notice sur
sa vie et ses ouvrages, d'une étude bibliographique, de
variantes, de notes, de tables et d'un glossaire, par
E. Courbet et Ch. Royer. *Paris, Alph. Lemerre,* 1872-
1877, 4 vol. in-8, br.

De la Collection Lemerre (Classiques français).
Exemplaire sur GRAND PAPIER DE HOLLANDE.

8. J.-J. Rousseau. Les Confessions, avec une préface de
Marc Monnier. Treize eaux-fortes par Ed. Hédouin. *Paris,
Libr. des Bibliophiles*, 1881, 4 vol. in-12, portrait de l'au-
teur et figures, br.

> Exemplaire sur PAPIER DE CHINE, figures *avant la lettre*.

9. Les Montagnes, par Albert Dupaigne ; sept cartes en couleur hors texte dessinées par Dumas-Varzet et gravées
par Erhard ; illustrations dans le texte par Riou, Bayard,
Weil, etc. *Tours, Alfred Mame et fils*, 1877, gr. in-8,
figures, br.

10. Le Jardin des plantes, description et mœurs des mam-
mifères de la ménagerie et du Muséum d'histoire natu-
relle, par M. Boitard, précédé d'une introduction historique, descriptive et pittoresque par M. J. Janin. *Paris,
J.-J. Dubochet*, 1842, gr. in-8, nombr. figures hors texte
et dans le texte, br. couverture imprimée.

> PREMIER TIRAGE.

II. — BEAUX-ARTS. — ARTS DIVERS

11. Grammaire des arts du dessin, architecture, sculpture,
peinture, etc., par M. Charles Blanc. *Paris, veuve Jules
Renouard*, 1867, gr. in-8, figures dans le texte, br.

> Envoi autographe signé de l'auteur à M. de Riancey.

12. HISTOIRE DES PEINTRES de toutes les écoles, depuis la Re-
naissance jusqu'à nos jours, par M. Ch. Blanc (et par
divers écrivains spéciaux ; illustrations par les plus habiles
dessinateurs et graveurs). *Paris, J. Renouard*, 1861-1876,
14 vol. gr. in-4, papier vélin, nombr. grav. demi-rel. chag.
rouge, plats toile, fil. tr. dor. (*Reliure uniforme.*)

> École hollandaise, 2 vol. — École française, 3 vol. — École an-
> glaise, 1 vol. — École flamande, 1 vol. — École espagnole, 1 vol. —
> École vénitienne, 1 vol. — École ombrienne et romaine, 1 vol. —
> École bolonaise, 1 vol. — École allemande, Écoles milanaise, lom-
> barde, etc. 1 vol. — École florentine, 1 vol.

13. Gleyre, étude biographique et critique avec le catalogue
raisonnée de l'œuvre du maître, par Charles Clément. *Paris, Didier*, 1878, in-8, orné de 30 photogravures, br.

14. Essai historique et descriptif sur la peinture sur verre
ancienne et moderne.... par E.-H. Langlois, orné de sept
planches, dessinées et gravées par Mlle Espérance Langlois.
Rouen, Edouard Frère, 1832, in-4, cart. n. rog.

15. L'Artiste, journal de la littérature et des beaux-arts,
1831 à 1838. Première série, 15 vol. in-4, demi-rel. bas. —
Deuxième série. *Paris*, 1839 à 1841, 8 vol. gr. in-4, demi-
rel. v. — Troisième série. *Paris*, 1842-1843, 4 vol. in-4,
en fascicules br. — Ens. 27 vol. reliés et en fasc. mombr.
fig. et planches lithographiées.

    Collection complète de 1831 à 1841 exclusivement.

16. Album de l'Exposition rétrospective des Beaux-Arts de
Tours, mai 1873. *Tours, Georget-Joubert, s. d.*, gr. in-4,
papier vélin, figures en photographie et gravées, cart.
perc. rouge.

17. Galerie des peintres. *S. l. n. d.*, gr. in-fol. papier vélin,
nombr. planches lithographiées par Chabert, demi-rel. v.
rouge, n. rog.

18. Le Diable à Paris et les Parisiens à la plume et au crayon,
par Gavarni, Grandville, Bertall, Cham.... *Paris, J. Het-
zel,* 1868-1869, 4 vol. gr. in-8, nombr. figures et vignettes, cartonnage de l'éditeur.

19. LA CARICATURE POLITIQUE, morale, littéraire et
scénique (du 4 novembre 1830, n° 1, au 27 août 1835).
251 numéros en 10 vol. in-4, nombr. figures lithogr.
noires et en couleur, demi-rel. bas. r.

    Fondé par Ch. Philipon.
    Jamais guerre par la plume et par le crayon ne fut menée avec
autant d'entrain, de verve d'esprit et d'âpreté, que celle faite par
la Caricature au gouvernement, par Philipon et Philippe, etc.
(*Brivois.*)
    Collection complète.

20. Douze Années comiques, par Cham. 1868-1879. 1,000
gravures. Introduction, par Ludovic Halévy. *Paris, Calm.
Lévy*, 1880, in-4, figures, cart. de l'éditeur.

21. Les Communeux, 1871. Types, caractères, costumes, par
Bertall. *Paris, E. Plon*, 1880, in-4, 40 planches en couleur, cart. perc. r.

22. La Danse des Morts, dessinée par Hans Holbein, gravée
sur pierre par Joseph Schlotthauer, expliquée par Hippo-
lyte Fortoul. *Paris, Jules Labitte, s. d.*, pet. in-8, demi-
rel. mar. noir avec coins, tête dor.

23. Paris en 1867, 48 planches gravées à l'eau-forte par
Martial, montées sur onglets et formant un vol. pet. in-4,
demi-rel. mar. La Vall. avec coins, tête dor.

24. Costumes Français depuis Clovis jusqu'à nos jours
(VIe aux XVIIe), avec un texte historique et descriptif.
Paris, Massard, 1834, 3 vol. in-8, figures, cart.

    448 planches gravées, coloriées.

25. Recueil de costumes français, 118 planches en un vol.
in-4, cart.

    11 personnages en pied, XVI et XVIIe siècles. — 9 planches de
coiffures, époque de la Restauration. — Meubles, 3 planches. —
Costumes de Parisiennes de profession, 7 planches. — Costumes de
Normandie, 30 planches; — de Bordeaux, 3 planches; Alsaciens et
Suisses, 11 planches; d'Espagne, 16 planches, etc.

    Toutes ces planches sont dessinées par Gatine et lithogr. par
Lanté, et en couleur.

26. Costumes de Théâtre. Personnages en pied, gravés et
coloriés. Recueil de 328 planches réunies en 3 vol. in-8,
cart.

27. Costumes de Théâtre de 1600 à 1820, par H^{te} Lecomte.
S. l. n. d., in-4, cart.

    Recueil de 46 planches lithogr. par Delpech et en couleur.

28. Histoire de la crinoline au temps passé par Albert de La
Fizelière. *Paris, A. Aubry*, 1859, in-12 de 107 pp. demi-
rel. mar. citr. dos orné, fil. tête dor. éb. (*Thivet.*)

    Exemplaire sur PAPIER DE CHINE.

---

29. Secolo XV.XVI. Saggi di architettura e decorazione
Italiana publicati per cura di Enrico Maccari, graffiti e
chiaroscuri esistenti nell'esterno delle case illustrati da
M. Giovanni Iannoni. *Roma, s. d.*, in-fol. 74 planches gravées, cart.

30. Studi sui monumenti della Italia meridionale dal IV al

XIIIe secolo, per Demetrio Salazaro, ispettore della pina-
coteca nel museo nazionale di Napoli. *Napoli,* 1871,
2 tomes en un vol. gr. in-fol. planches en chromolithogr.
demi-rel. cuir de Russie avec coins, non rog.

Très bel ouvrage entièrement monté sur onglets.

31. Grammaire des arts décoratifs. Décoration intérieure
de la maison, par Charles Blanc. *Paris, Renouard,* 1882,
gr. in-8, figures dans le texte, planches en coul. br.

Exemplaire sur PAPIER DE HOLLANDE.

32. Les Constructions en bois de la Suisse, relevées dans
les divers cantons et comparées aux constructions en bois
de l'Allemagne, par Ernst Gladbach, texte traduit par
MM. Schacre, architecte, et Henri de Suckau. *Paris, veuve
A. Morel,* 1870, in-4, 55 planches gravées montées sur
onglets, demi-rel. chagr. r. tête dor. éb.

---

33. Chefs-d'Œuvre des arts industriels, par Philippe Burty.
Céramique, verrerie et vitraux, émaux, métaux, orfèvrerie
et bijouterie, tapisserie ; deux cents gravures sur bois.
Paris, Ducrocq, s. d., in-8, figures, br.

34. Histoire artistique, industrielle et commerciale de la
Porcelaine, accompagnée de recherches sur les sujets et
emblèmes qui la décorent, les marques et inscriptions qui
font reconnaître les fabriques d'où elle sort...., par Albert
Jacquemart et Edmond Le Blant, enrichie de vingt-six
planches gravées à l'eau-forte par Jules Jacquemart.
Paris, J. Techener, 1862, pet. in-fol. planches gravées,
demi-rel. mar. vert avec coins, dos orné, tête dor. éb.

35. Imagerie de la Faïence française, assiettes à emblèmes
patriotiques, comprenant la période révolutionnaire.
241 types lithographiés d'après les pièces originales et
classés par ordre chronologique, de 1750 à 1830, par
M. A. Mareschal. *Beauvais, chez l'Auteur,* 1869, in-8,
figures, demi-rel. chagr. r. tr. peigne.

36. Histoire de la faïence de Rouen, par André Pottier ;
ouvrage posthume, publié par les soins de MM. l'abbé
Colas, Gustave Gouellain et Raymond Bordeaux, orné

de soixante planches imprimées en couleurs et de vignettes
d'après les dessins de Mlle Émile Pottier. *Rouen, Auguste
Le Brument,* 1870, 2 vol. in-fol. portrait et soixante planches en couleur, ouvrage en feuilles dans 2 cartons.

37. Histoire de la faïence de Delft, par Henry Havard ;
ouvrage enrichi de vingt-cinq planches hors texte et fac-
similés, chiffres, etc. dans le texte, par Léopold Flameng et Charles Goutzwiller, chromolithographies par
Lemercier. *Paris, E. Plon,* 1878, gr. in-8, papier vélin,
figures, br.

———

BELLES-LETTRES

———

I. — POÉSIE

38. Le Roman de Brut, par Wace, poète du xiie siècle,
publié pour la première fois d'après les manuscrits des
bibliothèques de Paris, avec un commentaire et des notes
par Leroux de Lincy. *Rouen, Édouard Frère,* 1836, 2 vol.
gr. in-8, figures, demi-rel. mar. vert avec coins, dos orné,
fil. tête dor. éb.

Exemplaire sur GRAND PAPIER VÉLIN tiré à petit nombre.

39. La Vie de la Vierge Marie, de maître Wace, publiée
(par M. V. Luzarche), suivie de la Vie de saint George,
poëme inédit du même trouvère. *Tours, imprimerie de
J. Bouscerez,* 1859, pet. in-8, papier de Hollande, demi-rel.
v. rouge avec coins, tête dor. non rog.

40. Le Roman du Mont-Saint-Michel, par Guillaume de
Saint-Pair, poète anglo-normand du xiie siècle, publié
pour la première fois par Francisque Michel, avec une
Étude sur l'auteur, par Eugène de Beaurepaire. *Caen,*

Hardel, 1856, in-8, demi-rel. mar. br. tête dor. éb.
(*Thivet.*)

41. Le Rommant de la Rose. *Paris, impr. Motteroz,* 1878,
in-4, br.

> Reproduction fac-similé de l'édition Jehan Dupré (xvᵉ siècle).
> Un des 20 exemplaires tirés sur beau papier vergé extra fort.

42. Vie de Monseigneur Saint Martin de Tours, par Péan
Gatineau, poète du xiiiᵉ siècle, publiée d'après un manuscrit de la Bibliothèque impériale, par M. l'abbé J.-J. Bourassé. *Tours, Ad. Mame,* 1860, gr. in-8, br.

> Exemplaire sur PAPIER VERGÉ.

43. Les Dévotes épistres de Katherine d'Ambroise, publiées
pour la première fois par M. l'abbé J.-J. Bourassé. *Tours,
impr. Ad. Mame,* 1861, in-8 de 60 pp. papier vergé teinté,
broché.

> Tiré à petit nombre.

44. Œuvres du chanoine Loys Papon, seigneur de Marcilly,
poète forésien du xviᵉ siècle, imprimées pour la première
fois sur les manuscrits originaux, par les soins et aux frais
de N. Yemeniz, précédées d'une Notice sur la vie et les
œuvres de Loys Papon, par Guy de La Crye. *Lyon, Perrin,*
1857. — Supplément aux œuvres du chanoine Loys Papon.
Lyon, Perrin, 1860, in-8, papier vélin teinté, figures, fac-
similé, br.

> Envoi autographe de M. Yemeniz à M. Vingtriniers.

45. Poésies complètes de Malherbe, avec préface, note et
glossaire, par Pierre Jannet. *Paris, E. Picart,* 1867, in-12,
mar. grenat jans. dent. int. tête dor. non rogné. (*Brany.*)

> Exemplaire sur PAPIER DE CHINE.

46. Fables de La Fontaine, notices par M. Poujoulat, cin-
quante gravures et un portrait à l'eau-forte par V. Foulquier. *Tours, Alfr. Mame,* 1875, gr. in-8, fig. br.

> Exemplaire sur PAPIER DE HOLLANDE.

47. Contes et nouvelles en vers de M. de La Fontaine, texte
original avec notes par Alph. Pauly. *Paris, Alph. Lemerre,*
1868, 2 vol. in-12, demi-rel. mar. rouge, avec coins, dos
orné, fil. tête dor. éb.

48. Œuvres poétiques de Boileau, avec des notices par
M. Poujoulat. *Tours, Alfr. Mame et fils*, 1870, gr. in-8,
eaux-fortes de V. Foulquier, br.

Exemplaire sur PAPIER DE HOLLANDE.

48 *bis*. Même ouvrage. Même édition, gr. in-8, eaux-fortes
de Foulquier, br.

Exemplaire sur PAPIER DE CHINE.

49. Œuvres poétiques d'André de Chénier, avec une notice
et des notes par M. Gabr. de Chénier. *Paris, Alph. Lemerre,*
s. d., 3 vol. in-12, demi-rel. mar. rouge avec coins, dos
orné, fil. tête dor. éb.

Interposition des titres des tomes I et II.

50. Les Saisons, poëme par Saint-Lambert. *A Paris, de*
l'imprimerie de P. Didot l'aîné, l'an IV de la République,
1796, gr. in-4, orné de 4 figures, par Prudhon, Gérard et
Chudi, demi-rel. chagr. rouge, plats toile perc.

Les épreuves sont AVANT LA LETTRE.

51. Poésies posthumes de Philothée O'Neddy (Théophile
Dondey). *Paris, G. Charpentier,* 1878, in-12, br.

Exemplaire sur PAPIER DE HOLLANDE.

52. Il Pianto, poème par Auguste Barbier. *Paris, Canel,*
1833, in-8, demi-rel. mar. vert, tête dor. éb.

Seconde édition.

53. Leconte de Lisle. Poëmes barbares. Édition définitive.
Paris, Alph. Lemerre, 1878, in-12, br.

Exemplaire sur PAPIER DE CHINE.

54. Poésies de Sully-Prudhomme. Stances et poèmes,
1865-1866. Les Épreuves. Les Écuries d'Augias. Croquis
italiens. Les Solitudes. Impressions de la guerre (1866-
1872). *Paris, Alph. Lemerre,* 1877, 2 vol. in-12, portrait,
demi-rel. mar. r. avec coins, dos orné, fil. tête dor.
ébarbé.

55. Sonnets et eaux-fortes. *Paris, Alph. Lemerre,* 1869, in-fol.
figures gravées à l'eau-forte, cart. non rog.

Édition tirée à petit nombre sur papier de Hollande.

56. Arm. Silvestre. La Chanson des heures. Poésies nouvelles (1874-1878). *Paris, G. Charpentier*, 1878, in-12, br.

Exemplaire sur PAPIER DE HOLLANDE.

---

57. Les Vaux de Vire de Jean Le Houx, publiés pour la première fois sur le manuscrit autographe du poète, avec une
introduction et des notes par Arm. Gasté. *Caen, veuve Le
Gost-Clérisse,* 1875, pet. in-8, portrait, br.

Exemplaire sur PAPIER DE CHINE.

58. Œuvres complètes de P.-J. de Béranger, nouvelle édition ornée de 44 gravures sur acier. *Paris, Perrotin,* 1843,
2 vol. pet. in-8, portrait de l'auteur et vignettes de Charlet,
Grenier, etc., demi-rel. chagr. bleu avec coins, fil. dor.
en tête, éb.

59. CHANTS ET CHANSONS POPULAIRES DE LA FRANCE ; nouvelle
édition illustrée d'après les dessins de MM. E. de Beau-
mont, Daubigny, Dubouloz, E. Giraud, Meissonier, Pascal, Staal, Steinheil et Trimolet, gravés par les meilleurs
artistes. *Paris, Garnier fr.,* 1848, 3 vol. gr. in-8, figures,
demi-rel. chagr. vert foncé.

Ouvrage entièrement gravé.

---

60. Arioste. Roland furieux, traduction nouvelle par Francisque Reynard. *Paris, Alph. Lemerre,* 1880, 4 vol. in-12,
portrait, br.

Exemplaire sur PAPIER DE CHINE.

II. — THÉATRE

61. Eschyle, Sophocle ; traduction nouvelle, par Leconte
de Lisle. *Paris, Alphonse Lemerre,* 1872-1877, 2 vol. in-8,
broché.

Exemplaires sur PAPIER DE HOLLANDE.

62. Adam, mystère du xii siècle, texte critique accompagné

d'une traduction, par Léon Palustre. *Paris, Dumoulin,*
1877, pet. in-4, papier vélin, br.

63. Théâtre choisi de Molière, avec une notice, par M. Poujoulat. *Tours, Alfr. Mame et fils,* 1878-1879, 2 vol. gr.
in-8, vignettes de V. Foulquier gravées à l'eau-forte, br.
Tomes I et II sur PAPIER DE HOLLANDE.

63 *bis*. Même ouvrage, même édition. 2 vol. gr. in-8, fig.
br.
Tomes I et II sur PAPIER DE CHINE.

64. Théâtre de Le Sage, publié avec notice et notes par
Georges d'Heylli. *Paris, Libr. générale,* 1879, in-12, papier
vélin teinté, portrait, demi-rel. mar. rouge avec coins,
dos orné, fil. tête dor. éb.

65. Théâtre de Marivaux, publié avec notice et notes par
Georges d'Heylli. *Paris, Libr. générale,* 1876, in-12, papier vélin teinté, portrait, demi-rel. mar. rouge avec
coins, dos orné, fil. tête dor. éb.

66. Théâtre de Sedaine, publié avec notice et notes par
Georges d'Heylli. *Paris, Libr. générale,* 1877, in-12, papier vélin teinté, portrait, demi-rel. mar. r. avec coins,
dos orné, fil. tête dor. éb.

67. Théâtre de Beaumarchais, avec une notice et des notes,
par Ch. Beauquier. — Le Barbier de Séville. — Le Mariage
de Figaro. *Paris, Alph. Lemerre,* 1871-1872, 2 vol. in-12,
portrait, demi-rel. mar. rouge avec coins, dos orné, tête
dor. éb.

68. Théâtre de Clara Gazul, comédienne espagnole (par
Prosper Mérimée). *Paris, A. Sautelet,* 1825, in-8, v. olive,
fil. noirs, dent. à froid, tr. marbr. (*Martin.*)
PREMIÈRE ÉDITION.

69. Adolphe Jullien. Airs variés, histoire, critique, biogra-
phie musicale et dramatique. *Paris, G. Charpentier,* 1877,
in-12, br.
Un des 30 exemplaires sur PAPIER DE HOLLANDE.

70. Le Faust de Gœthe, traduction revue et complétée, précédée d'un essai sur Gœthe, par M. Henri Blaze; édition
illustrée par M. Tony Johannot. *Paris, Dutertre et Mich.
Lévy fr.,* 1847, gr. in-8, figures, demi-rel. chagr. viol.

III. — ROMANS ET CONTES

71. Les Amours pastorales de Daphnis et de Chloé. *A Paris, imprimé par P. Didot l'aîné, l'an VIII,* in-18, fig. de Monsiau reproduites par la photographie, jolie demi-rel. mar. vert avec coins, dos orné, fil. tête dor. éb. (*Belz-Niedrée.*)

De la Collection des *Auteurs classiques français et latins.*

72. Les Dix dizaines des Cent Nouvelles, réimprimées par les soins de D. Jouaust, avec notice, notes et glossaire, par M. P. Lacroix, dessins gravés de Jules Garnier. *Paris, Libr. des Bibliophiles,* 1874, 10 fascicules in-12, papier vergé, figures, br.

73. Les Dix dizaines des Cent Nouvelles nouvelles. 10 fig. in-12, de Jules Garnier gravées par A. Lalauze.

Suite publiée par l'éditeur Jouaust.

74. L'Heptaméron des nouvelles de Marguerite d'Angoulême, reine de Navarre. Texte des manuscrits, avec notes, variantes et glossaire, par Fr. Dillaye, notice par A. France. *Paris, Alph. Lemerre,* 1879, 3 vol. in-12, br.

Exemplaire sur PAPIER DE CHINE.

75. Histoire des seigneurs de Gavres, roman du xv⁰ siècle, publié par Jan Dale. *Bruxelles, s. d.* (1845), gr. in-4, frontispice, vignette, br.

Ce volume, exécuté à la lithographie de Gobert, reproduit en entier et page pour page le texte et les vignettes du manuscrit; l'introduction qui en fait partie imite le style de l'époque de manière à faire illusion.

76. L'Heure du berger, roman de Cl. Le Petit, nouvelle édition avec un avant-propos, par Philomneste Junior (Gust. Brunet, de Bordeaux). *Paris, J. Gay,* 1862, in-12, mar. La Vall. jans. dent. int. tr. dor. (*R. Petit.*)

Réimpression de l'édition de 1662, tirée à très petit nombre.
Exemplaire sur PEAU DE VÉLIN.

77. Les Contes de Ch. Perrault, précédés d'une préface par P. L. Jacob (Paul Lacroix) et suivis de la dissertation sur

les Contes de fées, par le baron Walckenaer ; douze eaux-fortes par Lalauze. *Paris, Libr. des Bibliophiles*, 1876, 2 vol. in-12, papier vergé, portrait et figures, br.

78. Aventures de Télémaque, suivies des aventures d'Aristonoüs, par Fénelon. *Tours, Alfred Mame et fils*, 1873, gr. in-8, 14 vignettes à l'eau-forte par V. Foulquier, br.

Exemplaire en PAPIER DE HOLLANDE.

79. Mémoires du comte de Grammont, par Ant. Hamilton, avec notice, variantes et index, par Henri Motheau. *Paris, Alph. Lemerre*, 1876, in-12, portrait, br.

Exemplaire sur PAPIER DE CHINE.

80. Alain-René Le Sage. Histoire de Gil Blas de Santillane, précédé d'une préface par H. Reynald. Treize eaux-fortes par R. de Los Rios. *Paris, Libr. des Bibliophiles*, 1879, 4 vol. in-12, papier vergé, portrait et fig. br.

81. Œuvres de Le Sage. Histoire de Gil Blas, avec *notice et notes*, par A. P.-Malassis, 4 vol. — Le Diable boiteux, avec une notice, par M. Anatole France, 2 vol. — Théâtre, avec notice et notes, par Frédéric Dillaye, 1 vol. *Paris, Alph. Lemerre*, 1878-1879. — Ens. 7 vol. in-12, br.

Exemplaires sur PAPIER DE CHINE.

82. A.-R. Le Sage. Le Diable boiteux, avec une préface, par H. Reynald, gravures à l'eau-forte par Ad. Lalauze. *Paris, Libr. des Bibliophiles*, 1880, 2 vol. in-12, papier vergé, portrait et figures, br.

83. Histoire du chevalier des Grieux et de Manon Lescaut, par l'abbé Prévost. *Paris, Alph. Lemerre*, 1870, in-12, demi-rel. mar. rouge avec coins, dos orné, fil. tête dor. ébarbé.

84. Romans de Voltaire, avec notice, notes et variantes, par Fr. Dillaye. *Paris, Alph. Lemerre*, 1877-1879, 3 vol. in-12, portraits, br.

Exemplaire sur PAPIER DE CHINE.

85. Romans de Voltaire. *Paris, Librairie des Bibliophiles*, 1878, 5 vol. in-12, eaux-fortes de Laguillermie, br.

1. Candide ou l'Optimisme. — 2. L'Ingénu. — 3. Lettres d'Amabed,

suivies du Taureau blanc. — 4. La Princesse de Babylone. — 5. Zadig,
suivi de Micromegas.

Exemplaire sur PAPIER DE CHINE.

86. Paul et Virginie, par Jacques-Henri Bernardin de
Saint-Pierre. *A Paris, de l'impr. de F. Didot l'aîné*, 1806,
gr. in-4, portr. et fig. cart. n. rog.

Cette jolie édition est ornée d'un portrait de l'auteur, par Laffitte,
et de 6 figures de Laffitte, Girodet, Gérard, Moreau, Prudhon et
Isabey.

87. B. de Saint-Pierre. Paul et Virginie. Préface par J.
Janin, compositions d'Émile Lévy gravées à l'eau-forte
par Flameng, dessins de Giacomelli gravés sur bois par
Rouget et Sargent. *Paris, Libr. des Bibliophiles*, 1875,
in-12, vignettes gravées, br.

88. F.-A. de Chateaubriand. Atala, ou les Amours de deux
sauvages, suivi de René. Compositions d'Émile Lévy
gravées à l'eau-forte par Boutelié, dessins de Giacomelli
gravés sur bois par Rouget et Sargent. *Paris, Librairie
des Bibliophiles*, 1877, in-12, papier vélin, vignettes, br.

89. Nouvelles : Atala, René, le Dernier des Abencerages et
les Quatre Stuarts, par M. le vicomte de Chateaubriand.
*Paris, Société reproductive des bons livres (Henri Barba,
Molard)*, 1838, gr. in-8, cart. n. rog.

Exemplaire sur PAPIER DE CHINE.

90. Voyage autour de ma chambre, suivi de l'Expédition
nocturne, par Xavier de Maistre. Préface par Jules Cla-
retie ; six eaux-fortes par Hédouin. *Paris, Libr. des Bibliophiles*, 1877, in-12, portrait et figures, demi-rel. mar. r.
avec coins, dos orné, fil. tète dor. éb.

91. Les Contes drolatiques de Balzac, cinquième édition
illustrée de 425 dessins par Gustave Doré. *Se trouve à
Paris, ez bureaux de la Société générale de Librairie*, 1855,
pet. in-8, demi-rel. v. f. avec coins, tr. marbr.

PREMIÈRE ÉDITION contenant les figures de GUST. DORÉ et publiée
par Dutacq.

92. Petites Misères de la vie conjugale, par H. de Balzac,
illustrées par Bertall. *Paris, Chlendowski, s. d. (imprimerie Plon)*, gr. in-8, figures, demi-rel. bas. v.

93. Les Mystères de Paris, par M. Eugène Sue ; nouvelle

édition, revue par l'auteur. *Paris, Ch. Gosselin*, 1843-1844, 4 tomes en 2 vol. gr. in-8, figures dans le texte, et figures hors texte de Daumier, Daubigny, C. Nanteuil, Trimolet, demi-rel. bas. verte.

Exemplaire de PREMIER TIRAGE.

94. Notre-Dame de Paris, par Victor Hugo. *Paris, Eug. Renduel*, 1836, 3 vol. in-8, figures, demi-rel. v. f.

Édition ornée des figures de Tony Johannot, Raffet et L. Boulanger.

95. Les Soirées de la chaumière, ou les Leçons du vieux père ; nouvelle édition illustrée par Th. Fragonard. *Paris, Leclère*, 1845, 2 vol. gr. in-8, figures lithogr. hors texte, cart. perc. n. fers spéciaux sur les plats.

96. Alexandre Dumas fils. La Dame aux camélias, préface de Jules Janin, édition illustrée par Gavarni. *Paris, Gust. Havard*, 1858, gr. in-8, gravures hors texte, br.

PREMIER TIRAGE.

97. La Tentation de saint Antoine, par Gustave Flaubert. *Paris, Charpentier*, 1874, in-8, br.

Exemplaire tiré sur GRAND PAPIER DE HOLLANDE.

98. Champfleury. Le Secret de M. Ladureau. *Paris, E. Dentu*, 1875, in-12, br.

Exemplaire tiré sur PAPIER DE HOLLANDE.

99. Maurice Boucher. Le Faust moderne, histoire humoristique en vers et en prose. *Paris, G. Charpentier*, 1878, in-12, br.

Un des 30 exemplaires tirés sur PAPIER DE HOLLANDE.

100. Vie et aventures de Robinson Crusoë, par Daniel de Foë, traduction de Petrus Borel, avec huit eaux-fortes par Mouilleron, portrait gravé par Flameng. *Paris, Libr. des Bibliophiles*, 1878, 4 vol. in-8, br.

Exemplaire grand papier in-8, sur PAPIER DE CHINE, figures AVANT LA LETTRE.

101. Le Vicaire de Wakefield, par Goldsmith, traduit en français avec le texte anglais en regard, par Ch. Nodier. *Paris, Bourqueleret*, 1838, in-8, vignettes dans le texte et figures hors texte, demi-rel. chagr. viol. fil. tr. dor.

IV. — DIVERS

102. Alfred Delvau. Dictionnaire de la langue verte. Argots parisiens comparés. *Paris, E. Dentu,* 1866, in-12, texte à 2 col. demi-rel. mar. r. avec coins, dos orné, fil. tête dor. non rog.

> Très bel exemplaire de la PREMIÈRE ÉDITION (rare), tiré sur PAPIER DE HOLLANDE.

103. Lettres choisies de madame de Sévigné, avec une notice par M. Poujoulat, eaux-fortes par V. Foulquier. *Tours, Alfr. Mame et fils,* 1871, gr. in-8, portrait et vignettes, br.

> Exemplaire sur PAPIER DE CHINE.

104. Lettres de la marquise du Châtelet, réunies pour la première fois avec index et notice biographique, par Eug. Asse. *Paris, G. Charpentier,* 1878, in-12, br.

> Exemplaire tiré sur PAPIER DE HOLLANDE.

105. Œuvres complètes de Théodore-Agrippa d'Aubigné, publiées pour la première fois, d'après les manuscrits originaux, accompagnées de notices, d'un commentaire, d'une table et d'un glossaire, par Eug. Reaume et F. de Caussade. *Paris, Alph. Lemerre,* 1873, 4 forts vol. gr. in-8, broché.

> De la Collection Lemerre (Classiques français).
> Exemplaire sur GRAND PAPIER DE HOLLANDE.

106. Œuvres de La Fontaine, nouvelle édition, revue, mise en ordre et accompagnée de notes par C.-A. Walckenaer. *Paris, Lefèvre,* 1822, 6 vol. in-8, portrait et figures de Moreau, demi-rel. v. rouge.

107. VICTOR HUGO. ŒUVRES COMPLÈTES, 47 vol. in-8, demi-rel. chagr. viol. (*Reliure uniforme.*)

> Cette collection se compose de la manière suivante : 1. Les 18 volumes de l'édition publiée par Houssiaux, comprenant : les Poésies, 6 vol.; Drames, 4 vol.; Romans, 4 vol.; le Rhin, 3 vol.; Littérature et philosophie mêlées, 1 vol. — 2. La Légende des siècles. *Paris, Mich. Lévy fr.,* 1859, 2 vol. — 3. Les Misérables. *Paris, Pagnerre,* 1862, 10 vol. — 4. Les Travailleurs de la mer. *Paris,*

A. *Lacroix Verboeckhoven*, 1866, 3 vol. — 5. Les Chansons des rues
et des bois. *Paris, A. Lacroix Verboeckhoven,* 1866, 1 vol. — 6. L'Homme
qui rit. *Paris, A Lacroix Verboeckhoven,* 1869, 4 vol. — 7. L'Année
terrible. *Paris, Mich. Lévy fr.,* 1872, 1 vol. — 8. Quatre-ving-treize.
Paris, Mich. Lévy fr., 1874, 3 vol. — 9. L'Art d'être grand-père. *Paris,
Calm. Lévy,* 1877, 1 vol. — 10. Actes et paroles avant l'exil, 1841-
1851. — Pendant l'exil, 1852-1870. — Depuis l'exil, 1870-1876. *Paris,
Calm. Lévy,* 1876, 3 vol. — 11. La Légende des siècles, nouvelle
série. *Paris, Calm. Lévy,* 1877, 2 vol.

108. L'Hôtel de Cluny au moyen âge, par Mme de Saint-
Surin, suivi des contenances de table et autres poésies
inédites des xve et xvie siècles. *Paris, Techener,* 1835,
in-8, demi-rel. mar. vert avec coins, tête dor. éb.

Exemplaire en GRAND PAPIER.

109. Paul Lacroix. XVIIIe Siècle. Lettres, sciences et arts en
France, 1700-1789 ; ouvrage illustré de 16 chromolithographies et de 250 gravures sur bois, dont 20 tirées hors
texte. *Paris, Firm.-Didot,* 1878, gr. in-8, fig. br.

Exemplaire en GRAND PAPIER.

110. CLASSIQUES FRANÇAIS. Collection du Prince Impé-
rial. *Paris, H. Plon,* 1861-1868, 61 vol. in-16, demi-rel. mar.
r. avec coins, dos orné, fil. tête dor. éb. (*Reliure uniforme.*)

Cette Collection contient : 1. Pensées de Blaise Pascal, 2 vol. —
2. Massillon, Grand et petit Carême, 3 vol. — 3. Massillon, l'Avent,
1 vol. — 4. La Bruyère, 3 vol. — 5. La Rochefoucauld. 1 vol. — 6. Vau-
venargues, 3 vol. — 7. Pascal. Lettres provinciales, 2 vol. — 8. Bossuet.
Oraisons funèbres, 1 vol. — 9. Oraisons funèbres de Fléchier, 1 vol.
— 10. Œuvres de Boileau, 5 vol. — 11. Fables de La Fontaine,
2 vol. — 12. Œuvres de P. Corneille, 12 vol. — 13. Œuvres de
Molière, 8 vol. — 14. Œuvres de J. Racine, 8 vol. — 15. Chefs-
d'Œuvre de Regnard, 2 vol. — 16. Théâtre de Marivaux, 1 vol. —
17. Théâtre de Beaumarchais, 2 vol. — 18. Montesquieu. Grandeur
des Romains. — 19. Bossuet. Discours sur l'Histoire universelle.

Jolie collection, tirée à un petit nombre d'exemplaires sur PAPIER
DE HOLLANDE, revue et imprimée avec le plus grand soin.

Elle est ornée du portrait de chacun des auteurs, finement gravée
sur acier.

Les deux volumes du Théâtre de Beaumarchais et le volume de
Montesquieu : Grandeur des Romains, sont les seuls qui se trouvent
brochés.

111. COLLECTION des petits Chefs-d'Œuvre. *Paris, Jouaust,*
1872-1877, 14 vol. in-12, br.

1. Le Sage. Turcaret, comédie. — 2. Gresset. Le Méchant, comédie.
— 3. Vert-Vert (par le même). — 4. La Boétie. La Servitude volontaire.

— 5. Gentil Bernard. L'Art d'aimer. — 6. Montesquieu. Le Temple de Gnide. — 7. Diderot. Le Neveu de Rameau. — 8. Regnard. Voyage de Laponie. — 9. B. de Saint-Pierre. La Chaumière indienne. — 10. Lettres portugaises. — 11. La Farce de maître Pathelin. — 12. La Gastronomie. — 13. La Métromanie. — 14. Cazotte. Le Diable amoureux.

Tous ces volumes sont sur PAPIER DE CHINE.

HISTOIRE

I. — VOYAGES. — DIVERS

112. **Voyages pittoresques et romantiques dans l'ancienne France**, par MM. Ch. Nodier, J. Taylor et Alph. de Cailleux. — Ancienne Normandie. *A Paris, de l'imprimerie de P. Didot l'aîné*, 1820, 2 vol. in-fol. papier vélin, nombr. planches sur chine, lithogr. demi-rel. bas. rouge non rognée.

113. **Jules Gourdault. La Suisse, étude et voyages à travers les 22 cantons**; ouvrage illustré de 750 gravures sur bois. *Paris, Hachette*, 1879, 2 vol. pet. in-fol. figures hors texte et nombreuses vignettes, br.

Exemplaire sur PAPIER DE CHINE.

114. **Voyage dans les mers du Nord, à bord de la corvette *la Reine Hortense***, par M. Charles Edmond (Choięcki). Notices scientifiques communiquées par MM. les membres de l'expédition, dessins de M. Karl Girardet. *Paris, Michel Lévy fr.*, 1857, pet. in-4, cartes et figures, demi-rel. chagr. broché.

115. **Eug. Fromentin. — Sahara et Sahel. Un été dans le Sahara. — Une année dans le Sahel.** *Paris, E. Plon*, 1869, 2 parties en 1 vol. gr. in-8 papier vélin, eaux-fortes et gravures en relief d'après les tableaux, les dessins et

les croquis d'Eugène Fromentin, demi-rel. chagr. rouge
jans. avec coins, tête dor. éb.

116. L'Histoire notable de la Floride, située aux Indes
occidentales, contenant les voyages faits en icelle par
certains capitaines et pilotes français descrits par le capitaine Laudonnière ; à laquelle a esté adjousté un quatriesme
voyage fait par le capitaine Gourgues. Mise en lumière
par Basanier. *Paris, Jannet,* 1853, in-12, demi-rel. mar.
br. dos orné, fil. tête dor. éb.

117. La Reprise de la Floride publiée avec les variantes, sur
les manuscrits de la Bibliothèque impériale et précédée
d'une préface par Ph. Tamizey de Larroque. *Bordeaux,
Gounouilhou,* 1867, in-8, demi-rel. mar. br. tête dor. éb.
(*Thivet.*)

> Extrait des *Publications de la Société des Bibliophiles de Guyenne.*

118. Récit de la navigation faite en 1535 par le capitaine
Jacques Cartier aux îles de Canada ; réimpression figurée
de l'édition originale précédée d'une introduction historique par M. d'Avezac. — Relation du voyage de J. Cartier
au Canada, en 1534, avec documents inédits, publiés par
H. Michelant et Ramé. *Paris, A. Tross,* 1863-67, 2 vol.
pet. in-8, jolie demi-rel. mar. br. fil. tête dor. éb.
(*Thivet.*)

> Ces deux ouvrages sont sur beau papier Whatmann.

119. Histoire du Canada et voyages que les Frères mineurs
Recollets y ont faict pour la conversion des infidèles depuis l'an 1615, par Gabriel Sagard Theodat, avec un
Dictionnaire de la Langue huronne ; nouvelle édition
publiée par M. Edwin Tross. *Paris, Tross,* 1866, 4 vol. in-8.

> Exemplaire sur PAPIER DE HOLLANDE.

120. Le Grand Voyage du pays des Hurons, situé en Amé-
rique vers la mer douce es derniers confins de la Nouvelle
France dite Canada avec un Dictionnaire de la Langue
huronne, par F. Gabriel Sagard Théodat ; nouvelle édition
publiée par M. Émile Chevalier. *Paris, Tross,* 1865, 2 parties
en 1 vol. in-8, frontispice, br.

> Exemplaire sur PAPIER DE HOLLANDE.

121. Histoire de la Nouvelle France, par Marc Lescarbot,

suivie des muses de la Nouvelle France ; nouvelle édition
publiée par Edwin Tross, avec quatre cartes géographi-
ques. *Paris, Tross*, 1866, 3 vol. in-8, cartes, br.

Exemplaire sur GRAND PAPIER DE HOLLANDE.

---

122. Discours sur l'histoire universelle, par Bossuet, avec
une préface par M. Poujoulat. *Tours, Alfr. Mame et fils*,
1870, gr. in-8, gravures à l'eau-forte par V. Foulquier, br.

Exemplaire sur PAPIER DE HOLLANDE.

122 *bis*. — Même ouvrage, même édition, gr. in-8, gravures
à l'eau-forte par V. Foulquier, br.

Exemplaire sur PAPIER DE CHINE.

123. Voyage du jeune Anacharsis en Grèce, par l'abbé Bar-
thélemy. *Paris, Et. Ledoux*, 1824-1825, 7 vol. in-8, br. et
atlas in-fol.

Exemplaire sur PAPIER JÉSUS VÉLIN.

II. — HISTOIRE DE FRANCE

124. Noms féodaux ou noms de ceux qui ont tenu fiefs en
France depuis le xiie siècle jusque vers le milieu du xviiie,
extraits des archives du royaume par dom Betencourt.
Paris, Schlesinger, 1867, 4 vol. in-8, papier vergé, br.

125. Charlemagne, par Alphonse Vétault; introduction par
Léon Gautier. *Tours, Alfr. Mame*, 1877, gr. in-8, figures
gravées à l'eau-forte, chromolith. cartes, fig. de sceaux et
monnaies, etc. br.

Exemplaire en PAPIER DE HOLLANDE.

126. Saint Louis, par H. Wallon. *Tours, Alfr. Mame*, 1878,
gr. in-8, planches grav. hors texte, et chromolith. cartes,
fac-similé, vignettes et culs-de-lampe, br.

Exemplaire en GRAND PAPIER DE HOLLANDE.

126 *bis*. — Même ouvrage, même édition, gr. in-8, figures, br.

Exemplaire sur PAPIER DE CHINE.

127. **Funérailles du roy Henri II**, publié avec une introduction par M. le comte L. de Galembert. *Paris, Aug. Fontaine*, 1869, in-8 de 77 pp. papier vergé teinté, br.

> Tiré à petit nombre.

128. **Le Roi chez la Reine**, ou Histoire secrète du mariage de Louis XIII et d'Anne d'Autriche, par Arm. Baschet. *Paris, Aug. Aubry*, 1864, in-8, mar. bleu, dos semé de fleurs de lis, fil. dent. int. tr. dor.

> L'un des 20 exemplaires sur BEAU PAPIER VÉLIN.

129. **Histoire des princes de Condé** pendant les XVI⁰ et XVII⁰ siècles, par M⁰ le duc d'Aumale. *Paris, Mich. Lévy fr.*, 1863, 2 vol. in-8, 2 portraits et une carte, br.

130. **Histoire de Marie-Antoinette**, par Edm. et J. de Goncourt. *Paris, J. Charpentier*, 1878, in-12, br.

> Exemplaire sur PAPIER DE HOLLANDE.

131. **Histoire de la Révolution française.** *Paris, Furne*, 1847, 10 vol. in-8, portrait et figures sur acier, demi-rel. v. vert et atlas in-4 obl. contenant 32 cartes ou plans, cart.

132. **Histoire du Consulat et de l'Empire**, par A. Thiers. *Paris, Paulin et Lheureux*, 1849-1862, 20 vol. in-8, portraits et figures sur acier, demi-rel. chagr. vert et atlas in-fol. de plans et cartes dans un carton.

133. **Histoire de Napoléon**, par M. de Norvins, illustrée par Raffet et Vernet. *Bruxelles, Société typographique belge, Ad. Wahlen*, 1839, in-8, figures dans le texte et hors texte, demi-rel. chagr. viol.

> Exemplaire du PREMIER TIRAGE.

134. **L'Attentat Fieschi**, par Maxime du Camp. *Paris, G. Charpentier*, 1877, in-12 br.

> Exemplaire sur PAPIER DE HOLLANDE.

135. **Victor Hugo. Histoire d'un crime**, déposition d'un témoin. *Paris, Calmann Lévy*, 1877-1878, 2 vol. gr. in-8, broché.

> Un des 40 exemplaires tirés sur PAPIER DE HOLLANDE.

136. **Réimpression du Journal officiel de la République française sous la Commune (1871).** *S. l. n. d.*, in-4, cart.

> Publication faite par l'éditeur V. Brunel.

---

137. Notice sur le plan de Paris de Jacques Gomboust.. .,
publié pour la première fois en 1652, reproduit par la
Société des Bibliophiles français en 1858. *Paris, Techener,*
1858, in-8 et atlas in-fol. demi-rel. mar. vert, tête dor.
éb.

L'atlas est sur toile et renfermé dans un étui cart.

138. Description des antiquités et singularités de la ville de
Rouen, par J. Gomboust, 1655, précédée d'une étude sur
les plans et vues de Rouen et d'une notice sur le plan
de Gomboust, par Jules Adeline, eaux-fortes de J. Adeline. *Rouen, Cagniard,* 1875, in-8, figure, br.

Un des soixante exemplaires sur PAPIER DE HOLLANDE, mis dans le
commerce.

139. Calendrier de la noblesse de la Touraine, de l'Anjou,
du Maine et du Poitou, publié par J.-X. Carré de Busserolle. *Tours,* 1867-1868, 2 vol. in-12, figures de blasons.
broché.

140. Armorial général de la Touraine, par J.-X. Carré de
Busserolle. *Tours, Georges Joubert,* 1867, fort vol. in-8,
broché.

141. Lettres historiques des archives communales de la
ville de Tours depuis Charles VI jusqu'à la fin du règne
de Henri IV, publiées par Victor Luzarche. *Tours, imprimerie Ad. Mame,* 1861, in-8, papier vergé teinté, br.

Tiré à petit nombre.

142. Promenades dans la Touraine, par Alexis Monteil.
Tours, Ad. Mame, 1861, in-8, papier vergé teinté, br.

Publication de la *Société des Bibliophiles de Touraine.*

143. Procès-verbal du pillage par les Huguenots des reliques
et joyaux de Saint-Martin de Tours en 1562, publié par
M. Ch.-L. Grandmaison, archiviste du département. *Tours,
Ad. Mame,* 1863, gr. in-8 de 96 pp. papier vergé teinté,
broché.

Publication de la *Société des Bibliophiles de Touraine.*

144. Les Miracles de Madame Sainte Katherine de Fierboys
en Touraine (1375-1446), publiés par M. l'abbé J.-J. Bourassé. *Tours, Mame,* 1858, in-12 de 102 pp. papier vélin,
broché.

145. L'Ancienne Alsace à table. Étude historique et archéo-
logique sur l'alimentation, les mœurs et les usages épu-
laires de l'ancienne province d'Alsace, par Charles Gérard.
Seconde édition. *Paris, Berger-Levrault*, 1877, gr. in-8,
broché.

Un des 50 exemplaires sur PAPIER DE HOLLANDE.

III. — HISTOIRE ÉTRANGÈRE

146. Une Descente aux enfers. Le golfe de Naples. Virgile
et le Tasse, avec une carte des Enfers, par Henri Johannet.
Paris, Didier, 1874, in-12, carte, br.

Exemplaire sur PAPIER DE HOLLANDE.

147. L'Espagne, par le baron Ch. Davillier, illustrée de
309 gravures dessinées sur bois par Gustave Doré. *Paris,
Hachette,* 1874, gr. in-4, papier vélin, nombr. figures
hors texte et dans le texte, demi-rel. chagr. rouge, fers
spéciaux sur les plats, tr. dor.

148. Le Prince Augustin Galitzin. Relation de la rébellion
de Stenko-Razin. Épisode de l'histoire de Russie du
XVIIe siècle. — Document relatif au Patriarcat moscovite,
1589, traduit pour la première fois en français. — Cosmo-
graphie moscovite, par André Théret. — Conquête du
jeune Démétrius. *Paris, J. Techener,* 1856-1858, 4 vol.
pet. in-12, papier vergé, br.

IV. — BIBLIOGRAPHIE

149. Les Amoureux du livre. Sonnets d'un bibliophile ; fan-
taisies, commandements du Bibliophile, Bibliophiliana,
notes et anecdotes par F. Fertiault, préface par P. Lacroix,
seize eaux-fortes de Jules Chevrier. *Paris, A. Claudin,*
1877, gr. in-8, figures, br.

Exemplaire sur GRAND PAPIER VERGÉ TEINTÉ.

150. Description raisonnée d'une jolie collection de livres

(nouveaux mélanges tirés d'une petite bibliothèque), par
Charles Nodier, précédée d'une introduction par M. G.
Duplessis, de la vie de M. Ch. Nodier, par M. Francis
Wey. *Paris, J. Techener*, 1844, gr. in-8, demi-rel. mar.
vert, fil. tête dor. éb. (*Capé.*)

Exemplaire sur GRAND PAPIER VÉLIN, avec la table imprimée des
prix d'adjudication.

151. Dictionnaire de géographie ancienne et moderne à
l'usage du libraire et de l'amateur de livres, par un Bibliophile (Prosper Deschamps). *Paris, Firm.-Didot fr.*, in-8
en fascicules.

Manque le titre de l'ouvrage.

152. Les Elzévier. Histoire et annales typographiques, par
Alphonse Willems. *Bruxelles, G.-A. Van Trigt*, 1880, gr.
in-8, figures dans le texte, cart.

153. Bibliographie cornélienne, ou Description raisonnée de
toutes les éditions des œuvres de Pierre Corneille, des
imitations ou traductions qui en ont été faites et des
ouvrages relatifs à Corneille et à ses écrits, par Em. Picot.
Paris, Aug. Fontaine, 1876, in-8, portrait, br.

Un des 50 exemplaires tirés sur PAPIER WHATMAN.

TABLE D S DIVISIONS

Paris. — Typographie Georges Chamerot, 19, rue des Saints-Pères. — 14153.

RED. :

21

0 1 2 3 4 5 6 7 8 9 10